Traduit de l'américain par Isabelle Reinharez

© 1997, l'école des loisirs, Paris, pour l'édition en langue française
© 1991, Byron Barton
Titre de l'édition originale : « The Three Bears »
(Harper Collins Publishers, New York)
Loi numéro 49 956 du 16 juillet 1949 sur les publications
destinées à la jeunesse : septembre 1997
Dépôt légal : juin 2013
Imprimé en France par Pollina à Luçon - L65301
ISBN 978-2-211-04483-7

Byron Barton
Les trois ours

l'école des loisirs

11, rue de Sèvres, Paris 6e

Il était une fois trois ours.

Un Papa ours,

une Maman ours

et un petit ourson.

Un matin,
Maman ours prépara
un délicieux chocolat.

Elle en fit un grand bol
pour Papa ours,

un bol un peu plus petit
pour Maman ours

et un tout petit bol
pour le petit ourson.

Le chocolat était brûlant.

En attendant qu'il refroidisse, les trois ours partirent se promener.

Arriva alors une petite fille qui s'appelait Boucle d'Or.

Et elle le trouva si bon qu'il ne resta plus rien.

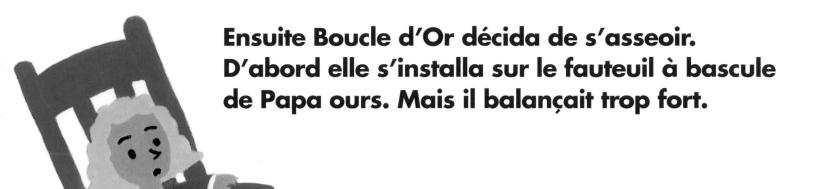

Ensuite Boucle d'Or décida de s'asseoir.
D'abord elle s'installa sur le fauteuil à bascule
de Papa ours. Mais il balançait trop fort.

Puis elle s'installa sur le fauteuil
à bascule de Maman ours.
Mais il balançait trop doucement.

Enfin elle s'assit sur le fauteuil
à bascule du petit ourson.
Qui balançait juste bien.

**Et Boucle d'Or se balança à perdre haleine,
et avec tant d'énergie que le petit fauteuil s'effondra.**

Ensuite Boucle d'Or eut envie
de se reposer.
D'abord elle se coucha sur le lit
de Papa ours. Il était trop dur.

Puis elle se coucha sur le lit
de Maman ours. Il était trop mou.

Enfin elle se coucha sur le lit
du petit ourson. Qui était juste bien.

Et Boucle d'Or s'endormit dans le lit du petit ourson.

Un peu plus tard, les trois ours rentrèrent à la maison.

**Les ours regardèrent dans leurs bols, et Papa ours dit :
« Quelqu'un a goûté à mon chocolat. »**

Et Maman ours dit :
« Quelqu'un a goûté
à mon chocolat. »

Et le petit ourson dit :
« Quelqu'un a goûté
à mon chocolat,
et l'a même tout bu. »

Ensuite les ours regardèrent leurs fauteuils, et Papa ours dit :
« Quelqu'un s'est assis dans mon fauteuil. »

Et Maman ours dit :
« Quelqu'un s'est assis
dans mon fauteuil. »

Et le petit ourson dit :
« Quelqu'un s'est assis
dans mon fauteuil,
et l'a même tout cassé. »

**Ensuite les ours regardèrent leurs lits, et Papa ours dit :
« Quelqu'un a dormi dans mon lit. »**

Et Maman ours dit :
« Quelqu'un a dormi dans mon lit. »

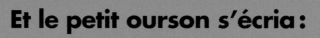

Et le petit ourson s'écria :

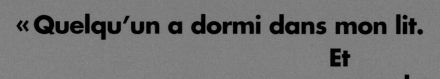

« Quelqu'un a dormi dans mon lit.
Et
regardez,
c'est
elle. »

elle bondit hors du lit du petit ourson et s'enfuit.

Elle courut, courut à toutes jambes,

loin de la maison des trois ours.

Et les trois ours ne revirent plus jamais Boucle d'Or.